DU MÊME AUTEUR

Chez Mijade
Le doigt tendu, 2009.
Cocomero, 2010.

Chez Averbode
Les renards de Perros-Guirec, 2004.
Concerto pour la main gauche, 2012.

Le site de l'auteur
www.raucy.be

Rue de la Source, 7
(B)1435 Hévillers
www.kerditions.eu / kerditions@kerditions.eu

Directeur de collection : Xavier Vanvaerenbergh
Illustration de couverture : Ker éditions

ISBN : 978-2-87586-027-9
Dépôt légal : D/2014/12.437/15
Cet ouvrage a été achevé d'imprimer par Pulsio.net en décembre 2013.
Imprimé en France.

Claude Raucy

Le violon de la rue Lauriston

ker éditions

pour Marguerite,
avec beaucoup de tendresse

Préface

J'ai d'abord connu *Monsieur Raucy*, le professeur de français.

L'écrivain, je le fréquente, l'apprécie depuis des décennies.

L'homme reste lui-même au-delà du temps et des modes.

Il se nourrit des mots qu'il enseignait et de ceux qu'il écrit au fil de ses romans.

Qui côtoie Claude Raucy sait qu'il a le cœur généreux et la main tendue.

L'histoire du jeune Afghan, *Parwais*, qui a fui Kaboul en est un bel exemple.

Il serait dommage d'en dévoiler la trame tant celle-ci est nourrie d'aventures imprévues vécues de Liège à Bâle et de Bâle à Venise.

Le cheminement de *Parwais*, via ses états d'âme, amène le lecteur à jauger et juger les faits et méfaits de vie que l'actualité nous livre, non toujours avec le recul nécessaire.

Ce roman qui émeut, où un violon s'avère avoir plus d'impact qu'une balle de fusil, dénonce, exalte. Sa lecture charme l'esprit, rassure le cœur, à la fois par son réalisme, sa réserve et sa vérité, par son écriture aussi.

Pierre Coran

À la Une du journal ce jeudi-là :

Aref a été abattu

Jeune Afghan de 22 ans, Aref était arrivé en Belgique en 2009. Demandeur d'asile. Le motif de sa demande ? Dans son pays, celui qui refuse d'être enrôlé par les talibans risque la peine de mort. Le Commissariat Général aux Apatrides (CGRA) fit son enquête :
Aref racontait des sottises ! Sa région d'origine devait être considérée comme sûre. Aucune raison d'accepter les demandes répétées du jeune Afghan.
Sans le droit de travailler ou de recevoir une aide sociale, comment vivre ? La misère, bien sûr. C'est ce qu'a connu Aref, quelque part près de la gare du Nord, à Bruxelles.
Et puis, en 2013, il a accepté un retour « volontaire ». Avait-il le choix ?
Aref est rentré dans son pays, où il a été abattu.
Au moins peut-on espérer qu'il est mort dans une région… sûre.

Vivaldi

LES PAUMES DE PARWAIS sont abîmées. De plus en plus. Il a beau les laver puis les enduire d'huile, elles sont écorchées, rouges, et lui font mal. Parwais se pose toujours la même question : s'habituera-t-il un jour à apprivoiser l'agressivité de l'aggloméré et des briques ? Ses mains s'habitueront-elles à la pierre et au ciment ? Le garçon n'y croit pas. Pourtant Michel lui promet que le métier de maçon finira par rentrer. Que les paumes finissent toujours par s'endurcir. Il n'a pas le choix : dans son école, on apprend un métier et il lui en faut un s'il veut rester en Belgique.

— Moi aussi, à ton âge… On s'habitue, Parwais, tu verras. Il faut de la patience. Dans la vie, c'est important, la patience.

Parwais sait désormais qu'il devra s'habituer à tout. À tout ce que la vie voudra lui offrir. Toutes les blessures du cœur et des paumes sont préférables aux armes qui tuent, pense-t-il. A-t-il le droit de se plaindre ? Au moins, il dort dans un lit et mange à sa faim. Même l'affection des autres ne lui manque pas vraiment. On est gentil avec lui, ici. Dans son quartier, dans la rue, dans cette maison où, peut-être, un jour il se sentira chez lui.

Un jour… Il y a si longtemps qu'il vit avec l'avenir parce que son passé est triste.

Bien sûr, le riz n'est pas préparé comme chez lui. La sauce ne sent pas les herbes de là-bas. On mange plus vite. Mais bon…

— Ça t'a plu ?

Il sourit à Laure puis l'aide à débarrasser. Elle est gentille. Une maman pour lui. Une maman qui lui sourit toujours, comme si elle avait peur de le voir pleurer.

Comme toutes les mamans, elle est bien la seule à s'inquiéter des paumes écorchées de Parwais. La seule qui lui explique pourquoi il n'a pas le choix des écoles :

— Je sais, Parwais, tu aurais voulu continuer à apprendre comme dans ton pays. Mais tu n'y es plus. Ce que tu as appris ne t'aidera pas ici. Et nous ne pouvons pas envisager pour toi des études plus longues. Notre avocat dit que tu dois pouvoir gagner ton pain très vite. Cela te permettra de travailler avec Michel. Tu pourras gagner ta vie. C'est important, de gagner sa vie.

Parwais sait que c'est important. Il a vu de trop près comme il est facile de la perdre, la vie !

Au journal télévisé, la secrétaire d'État à l'Asile est longuement interrogée par un journaliste. La caméra s'attarde sur des réfugiés qui occupent un bâtiment de Bruxelles. On parle d'une grève de la faim. La dame dit qu'elle ne cédera pas au chantage. Son regard n'exprime aucune compréhension. Laure a des larmes dans les yeux.

Heureusement, le journal est suivi d'une émission qui leur met un peu de baume au cœur. Ils ont tous les trois les yeux rivés sur l'écran. Un reportage sur Venise et les îles de la lagune. Pour Michel et Laure, c'est leur voyage de noces qui refait surface. La cité des doges. Ils y ont connu des heures magiques. Ils reconnaissent tout : le Grand canal, le Rialto, les îles, les masques.

— C'était merveilleux, Michel. Tu te souviens ?

— Si je me souviens !

Le reportage est bercé par une musique qui les transporte, des violons qui chantent au rythme lent des gondoles. Laure a pris la main de Michel. Des larmes coulent à nouveau de ses yeux. Des larmes de bonheur.

Parwais aussi est fasciné. Depuis des années, la douceur l'aide à échapper à la violence de son pays, au crépitement des balles, aux cris, à la mort. À Venise, tout est beauté rassurante. Et cette musique lui glisse à lui aussi des larmes dans les yeux. Il veut sourire pourtant mais il lui semble que toute paix lui est interdite. Les rames des gondoliers fouillent l'eau comme des ailes de colombe et déchirent un peu ses souvenirs.

Ses souvenirs sont faits de hurlements, de courses dans la rue, de crépitements de mitraillettes. De soirs où la peur empêche de s'endormir. De matins où la peur voudrait qu'on reste encore un peu dans les rêves de la nuit.

Tout à coup, la caméra quitte les canaux et les façades. On pénètre dans le décor baroque d'un palais. On découvre un orchestre. Des violons, quelques violoncelles, une contrebasse, trois altos. Les archets ont remplacé les rames des gondoliers. Soudain, Parwais découvre un visage qu'il reconnaît.

— Mon maître ! C'est mon maître !

— Ton maître ?

— Le chef d'orchestre, là. Akram Sangari. C'était mon professeur de violon à Kaboul. Je le reconnais.

Les yeux de Parwais sont braqués sur le chef, qui dirige tout en maniant l'archet. Parwais voudrait crier, appeler son ancien professeur. Il se contient. Les larmes ruissellent sur ses joues.

— Mais que fait-il à Venise, Parwais ?

— Je ne sais pas. Un jour, il a quitté Kaboul, sans nous prévenir. Depuis, je n'ai jamais su ce qu'il était devenu. Enfin si, maintenant, je le sais. Vivaldi…

Parwais songe.

— Il nous parlait toujours de Vivaldi. Le prêtre roux. Je me souviens.

Les applaudissements crépitent dans la salle. Parwais ne peut se retenir de battre des mains.

Les rêves de Parwais sont peuplés d'archets et de gondoles. Vivaldi aurait-il le pouvoir de faire oublier les balles, les hurlements, les larmes de ses amis et de ses parents ? Est-il possible que la musique caresse doucement la boule dure qu'il a dans l'estomac ?

Malgré la gentillesse de ceux qui l'ont accueilli, malgré les sourires de ses camarades de classe et l'attention des maîtres, il se réveille souvent en hurlant, la nuit, le cœur cognant comme quand il courait dans les ruelles de sa ville, la bouche sèche. Cette nuit, les réveils sont doux et calmes. Le cœur poursuit son aventure tranquille. Tout est bien.

Au petit déjeuner, Laure et Michel ont leur visage des mauvais jours. Se seraient-ils disputés ? Cela arrive parfois. Pas souvent, pas longtemps. Parwais n'aime pas ça. Tous les nuages, depuis longtemps, lui font craindre des orages. Il a trop connu cela : les heures douces où on n'entend plus le son des armes. Puis une détonation, au loin. Puis plus près. Puis ici, tout autour, dans un désarroi dont on ne sort jamais indemne. Des cris, de la fumée, de la poussière. La mort.

Alors, à cause de ses souvenirs, les orages belges lui font redouter des typhons. C'est plus fort que lui. La psychologue de l'école dit que cela ne se résoudra pas en quelques semaines, ni même en quelques mois.

— Parle-lui, toi, dit Laure.

Elle regarde Michel avec des yeux inquiets. Michel ne répond pas. Parwais voit une feuille, posée près de la tasse de café, mal repliée à côté d'une enveloppe qu'on devine déchirée à la hâte.

— Eh bien, se décide Laure, voilà… C'est ta demande. Elle est refusée. Tu dois repartir.

— Repartir ?

— Il ne repartira pas, dit Michel.

Repartir. C'est ce qu'il craint le plus depuis qu'il est arrivé. Et les jours qui ont passé n'ont pas effacé son angoisse, ni les paroles qu'on lui prodigue à l'école pour le rassurer.

Un coup de fil à l'avocat ne fait que confirmer la lettre. Michel parlemente et questionne. Puis il conclut avant de raccrocher :

— D'accord, Maître, nous nous voyons tout à l'heure.

— Alors ? demande Laure, de l'angoisse plein les yeux.

— Alors, il va faire l'impossible. Nous allons tenter une autre stratégie.

— Il y a de l'espoir ?

— Il y a toujours de l'espoir, dit Michel, mais cette nouvelle action n'est pas suspensive.

— Pas suspensive ? Cela veut dire quoi ?

— Eh bien, qu'on peut... Qu'on peut expulser Parwais... à tout moment.

Michel hésite à en dire plus. Les mots sont trop durs pour Parwais, qui balbutie :

— M'expulser ?

— Oui, Parwais, n'importe quand. Te renvoyer dans ton pays. Mais ne t'en fais pas. Nous sommes avec toi. Nous allons lutter. L'avocat dit qu'il va essayer autre chose.

Autre chose, toujours autre chose. Parwais n'y croit plus. À quoi peut-il croire ? On l'a si souvent bercé d'espoir ! Il a l'impression de lutter contre des blindés avec un couteau de cuisine.

Aujourd'hui, il n'ira pas à l'école. Michel et Laure préfèrent le garder à la maison. À trois, on se sent moins seul même si on n'échange guère que des soupirs et des morceaux de phrases qui ne veulent rien dire.

Facebook

MALGRÉ L'OPTIMISME DE L'AVOCAT qui a expliqué qu'on allait gagner du temps, Parwais n'y croit plus. Gagner du temps, c'est comme gagner au Lotto : on croit à des chiffres qui ne croient à rien. Et les heures n'apportent que des menaces de plus en plus précises.

L'avocat a parlé et parlé. Il a rassuré Laure et Michel. Pas Parwais. Lui, il sait ce que signifient les paris sur l'avenir. La semaine prochaine, demain, tout à l'heure peut-être, on l'arrêtera. On l'embarquera pour une destination inconnue qu'il ne connaît que trop.

Pas suspensive. Ces deux mots sont terribles pour Parwais et ses parents d'adoption, de provisoire adoption. Le garçon est à la merci d'une décision qui peut être prise n'importe quand, suite à n'importe quoi. Que l'homme qui doit décider de son arrestation ait le hoquet, que sa femme lui ait reproché la couleur de sa cravate, qu'un moustique l'ait piqué... N'importe quoi, n'importe quand. Parwais est impuissant face à son destin.

À moins que... Parwais hésite. Tous ceux qui ont voulu un jour se servir d'une formule magique savent qu'on est un peu angoissé avant de la dire ou de l'écrire. Peut-être ouvrira-t-elle la porte qui permet d'échapper à un destin effrayant. Mais peut-être devra-t-on la répéter plusieurs fois avant de se lasser et de comprendre qu'une formule magique n'est rien d'autre qu'une suite de mots dépourvus d'effet.

Pour Parwais, la formule magique tient en deux mots : Akram Sangari.

Akram Sangari, son professeur de violon quand il était encore heureux. Quand la vie était belle encore pour lui en Afghanistan. Quand son père et sa mère n'avaient pas encore été abattus par des militaires alors qu'ils manifestaient dans la rue, un matin d'avril. Quand son frère et sa sœur n'avaient pas encore été arrêtés et jetés en prison. Quand il chantait encore avec les oiseaux.

Akram Sangari. Parwais tape le nom sur Facebook. Quelques secondes à peine et la réponse se dessine sur l'écran. Parwais regarde. C'est lui. Des photos, des dates de concert. Parwais en a les larmes aux yeux. Il rêve longtemps devant ces photos de bonheur. Et puis il tape sa demande. Une demande d'amitié comme des milliers de gens en même temps que lui. Mais pour lui, c'est un appel au secours. Une bouteille à la mer, dans cette mer mystérieuse d'Internet. La bouteille arrivera-t-elle sur une plage ou se noiera-t-elle au milieu de l'océan des déceptions ?

Il est temps de partir pour l'école. Il relit en vitesse son tableau de conjugaison. C'est facile, lui a dit le prof. C'est surtout facile à dire ! Malgré ses efforts, Parwais se bat avec la langue française comme avec un adversaire coriace. Mais il y arrivera. Il le faut. Son avenir, ce ne sera pas seulement mettre des briques au-dessus d'autres briques. Ce sera aussi comprendre ce qu'on lui dit, comprendre ce qui est écrit dans les livres. Et parler mieux qu'aujourd'hui. Et écrire.

À l'école, il est distrait et il le sait. Comment pourrait-il penser à autre chose qu'à ce que lui ont expliqué Michel et Laure ? On peut l'expulser à tout moment, le renvoyer au milieu des larmes et des souffrances. Parce que sa demande a été rejetée. Parce qu'on trouve qu'il n'a rien à faire en Belgique et qu'il devrait rentrer dans son pays, même si c'est pour peut-être y trouver la prison ou la mort.

Comment pourrait-il ne pas penser à Akram Sangari, à cette demande qu'il lui a envoyée ? Pour lui dire que tout va mal. Pour demander de l'aide. Son ancien professeur se souvient-il de lui ? Va-t-il lui répondre ?

La première chose que fait Parwais quand il rentre dans ce qui est devenu sa maison, c'est d'allumer l'ordinateur et filer voir son courrier. Rien. Il a beau ouvrir grands les yeux : rien. Il était pourtant certain d'avoir une réponse. Akram Sangari était un professeur extraordinaire et un homme d'une bonté infinie. Comment peut-il avoir oublié son ancien élève ?

Au souper, Michel et Laure essaient de détendre l'atmosphère. Parwais sourit, pour leur faire plaisir et pour les remercier, mais il a le cœur ailleurs. Un mot lui laboure l'âme : expulsion. Il croyait avoir enfin droit à la paix, mais les armes sont toujours plus fortes, pense-t-il. Les fusils ont toujours raison face aux violons.

Sa nuit est criblée de points d'interrogation. Cette angoisse qu'il ne parvient pas à chasser replonge Parwais dans les heures noires de ses nuits afghanes. Tout va-t-il recommencer ? A-t-il fait tout ce chemin pour rien ?

Le matin, en une seconde, il retrouve la joie : Akram Sangari lui a répondu ! Non seulement il accepte d'être son ami, selon la formule un peu équivoque de Facebook, mais il a joint un message dans lequel il se dit content d'avoir retrouvé la trace de Parwais et souhaite en savoir plus sur lui.

Pas d'école, ce jour-là. C'est samedi. Et apparemment le chef d'orchestre ne travaille pas non plus car les messages se succèdent tout au long de la journée. Sangari explique au jeune garçon pourquoi il a quitté l'Afghanistan et dit sa joie de vivre en Italie. Son activité l'enchante, il a des musiciens remarquables, ses concerts ont du succès et il se sent chez lui à Venise.

Il demande à Parwais plus de précisions sur ce que la justice belge a décidé et l'encourage : ils savent tous les deux que rien n'est définitif, n'est-ce pas, et que les matins calmes succèdent toujours aux nuits violentes.

Parwais le sait. Ce matin-là le lui répète. Retrouver son ancien professeur, c'est retrouver son pays, ses amis, de l'aide. Il ne le dit pas à Laure et à Michel : ils ne comprendraient pas. Ils croiraient à de l'ingratitude de la part de Parwais, à un manque de reconnaissance. N'ont-ils pas fait pour lui tout ce qui était en leur pouvoir ? Ne l'ont-ils pas accueilli comme un fils, logé, nourri, entouré d'affection ?

La journée se termine par le dernier message d'Akram Sangari : « Viens ! »

Ce que peut signifier un simple mot, Parwais ne l'a jamais aussi bien compris. Ce « Viens », c'est une réponse à l'absurde, une porte qui ne se referme pas, un passeport, un billet pour l'espoir. C'est cela, la vie ? Un homme, un seul peut décider un matin que vous devez être malheureux ? Un autre homme, un seul, peut décider le soir que vous devez être heureux ?

Il y a longtemps que Parwais n'a plus prié. La vie, dans son pays, lui a trop appris que des hommes se servent souvent de Dieu pour faire vivre le Diable. Pourtant, c'est une prière qui sort doucement de ses lèvres, une prière qu'il adresse sans trop y croire au Dieu miséricordieux.

La fugue

LE MOT DE SON ANCIEN PROFESSEUR a rempli Parwais de bonheur et d'espoir. Pas une seconde, il n'a pensé aux difficultés qui l'attendent. Il sait depuis longtemps que les projets les plus simples se révèlent parfois terriblement difficiles et que les entreprises les plus hasardeuses profitent souvent de la complicité inattendue des événements. Quand il a fui son pays, Parwais pensait que les frontières seraient infranchissables, que mille obstacles surgiraient sur sa route : la langue, la faim, les gens, les papiers. Et finalement tout avait été si simple. Comme si la Belgique avait toujours été sa terre d'asile. Comme si Laure et Michel l'attendaient depuis toujours.

Laure et Michel… Le seul obstacle désormais. Car il devine ce qu'on lui opposera s'il détaille ses projets. Il devine les conseils de prudence, la patience qu'on lui demandera d'avoir. Mais il ne veut pas être patient. Et malgré l'affection qui le lie à ses bienfaiteurs, il ne veut pas entendre leurs phrases.

Les préparatifs se font donc en secret. Parwais ne veut pas que ses nouveaux parents se doutent de quelque chose. Il ne sait que trop ce qu'ils lui diraient. Il est fou, il fonce vers l'inconnu, il n'ira pas loin. Il n'a pas de documents d'identité en règle. Sans passeport, réfugié, en fuite : tout s'accorde pour transformer la moindre patrouille policière en une menace terrible. Il le sait bien. Il sait aussi que Laure et Michel seront tristes, très tristes. Comme lui.

Mais son avenir a un prix : prendre des risques, même insensés. Akram Sangari n'a guère donné d'instructions pour le voyage. Au moins, il n'a pas mis le jeune garçon en garde contre tous les dangers de son aventure. Il sait, lui, que la vie est déraisonnable, de toute façon, et qu'il faut oser si l'on veut échapper au malheur. Il a seulement conseillé à Parwais de passer par la Suisse, d'essayer de rejoindre un de ses amis, réfugié lui aussi, dans un village de montagne. Ancien professeur d'anglais, il travaille dans une ferme qui l'a accueilli. Et lui, il a obtenu le droit d'asile, malgré le caractère plutôt hostile de la Suisse face aux étrangers pauvres.

Parwais a soigneusement noté le nom et l'adresse dans le petit carnet bleu qui ne le quitte jamais. Un carnet que sa grand-mère lui a offert pour un anniversaire, tant d'années auparavant. Qu'est-elle devenue, sa grand-mère ? Quel tourbillon a emporté cette veuve qu'il n'a plus vue depuis si longtemps ? Quant aux autres grands-parents, la guerre les a fait disparaître, dans un bombardement qui n'a pas choisi ses victimes. Je reverrai peut-être un jour mon pays, pense Parwais. Mais pas mes grands-parents, pas mes parents. Peut-être pas mon frère et ma sœur. Les morts, en tout cas, je ne les reverrai jamais. On ne revoit jamais les morts.

Que doit-il emporter ? Quelques vêtements, très peu. Le gros pull bleu que lui a tricoté Laure. Bien sûr, ici ce n'est pas encore l'hiver. Le soleil s'amuse encore dans les frondaisons multicolores des arbres. Mais il fait froid sans doute en Suisse. Dans l'imagination de Parwais, ce pays est fait de montagnes et de neige. Des livres ? Ses nouveaux parents lui en ont offert quelques-uns, qu'il a eu du mal à lire, au début, puis qu'il a dévorés. Oui, ces livres, il doit les emporter : ce sont des cadeaux inestimables. Et aussi quelques photos où on le voit avec Laure et Michel. Devant la cascade de Coo. Au zoo d'Anvers. Puis une photo de sa classe, où il est le seul à ne pas sourire. Des photos pour se souvenir des heures heureuses.

Il regarde longuement cette photo où il est à l'écart des autres avec son ami Laurent, le seul à qui il ait confié ses secrets. Mais doit-il lui parler de son départ, doit-il lui confier que leurs routes à eux aussi se séparent ? À quoi bon ? Il lui écrira. Ils se reverront. Pour l'instant, il craint que son ami lui tienne le même discours que ses hôtes. Un discours sage alors que tout ne sera possible qu'en étant fou.

Et puis il pense à Clara, la sœur de Laurent, dont il est un peu amoureux et qui l'aime peut-être. Elle ne le lui a jamais dit mais Laurent lui a confié plusieurs fois que sa sœur avait des étoiles dans les yeux quand elle parlait de lui.

— Des étoiles dans les yeux? avait demandé Parwais.

— Elle me pose toujours un tas de questions sur toi. Mais je crois qu'elle a peur. Tu sais, on sait si peu ici du pays d'où tu viens et mes parents...

— Tes parents?

Laurent n'avait fait que répéter ce que Parwais savait déjà: difficile de vivre en Belgique quand on vient d'ailleurs avec l'espoir pour seul bagage et le sourire pour unique passeport.

Alors, Clara, oui, il faudra la garder au milieu des rêves. Précieusement.

Parwais quitte la maison un matin d'octobre. Ses parents sont déjà en route pour leur travail. Ses parents... C'est comme cela qu'il les appelle quand il doit en parler et cela plaît à Michel et à Laure. Il faudrait un autre mot sans doute mais les langues ne suivent pas toujours les nuances du cœur et des liens familiaux.

Ce jour-là, il ne doit pas aller en classe avant neuf heures. Normal donc qu'il reste à la maison. En dernière minute, il aurait voulu prendre Laure et Michel dans ses bras, leur dire quelque chose. Mais c'eût été se trahir, renoncer à son projet.

Il dit donc simplement « à tout à l'heure » et ils se sourient. Mais il n'y aura pas de tout à l'heure. Il le sait. Aurait-il dû écrire une plus longue lettre ? Il a seulement dit qu'il partait rejoindre son ancien professeur et qu'il donnerait des nouvelles dès que possible. Mais il n'a peut-être pas assez dit son affection pour Laure et Michel. Il a hésité à parler de reconnaissance parce qu'il ne sait pas comment la dire. Alors, tout en haut de la feuille, il a ajouté avant de fermer l'enveloppe, un mot écrit en rouge et en capitales : MERCI.

Est-ce parce qu'il a décidé de partir que le temps, depuis hier, s'est fait moins clément ? Devant la maison, les gros marronniers ont déjà perdu beaucoup de leurs feuilles. Un vent sec semble s'acharner sur celles qui se contentent de roussir et de se recroqueviller. Parwais relève le col de sa veste. Il ne fait décidément pas chaud. L'été s'est longtemps attardé mais maintenant on dirait que l'automne veut écourter le temps pour ouvrir la porte à l'hiver.

Première chose : quitter le centre de la ville et gagner la périphérie. Plutôt que le train, trop cher et probablement dangereux quand on cherche la discrétion, Parwais a jugé préférable de faire de l'auto-stop. Ce n'est plus vraiment la mode en Belgique mais dans son pays il l'a souvent pratiqué.

Il prend d'abord un autobus, qui le débarque pas très loin de l'entrée de l'autoroute. Il a à peine besoin de faire signe. Déjà, un routier s'est arrêté. Le conducteur lui sourit.

— Tu vas où ?

— En Suisse.

— En Suisse ! C'est pas la porte à côté ! Mais tu as de la chance, je descends sur Bâle. Monte.

Le chauffeur est plutôt gros, mal rasé, mais Parwais le trouve sympa. Et puis, il ne faut pas faire le difficile !

— Alors comme ça, tu vas en Suisse ?

Parwais a prévu la question et préparé la réponse. Il a plus de seize ans donc il n'est plus obligé d'aller à l'école. Il a trouvé du travail en Suisse chez des amis de ses parents, des maçons qui ont besoin d'un apprenti.

— Ah bon? Tu es maçon? Eh ben dis donc...

Le gars lui sourit avec beaucoup de gentillesse. Pourtant, le garçon trouve qu'il en remet un peu, comme s'il se méfiait, comme s'il ne croyait pas ce qu'il lui raconte. D'ailleurs pourquoi prend-il ce petit air moqueur?

— C'est dur, la maçonnerie?

— On s'y fait, dit Parwais.

— Tu n'es pas Belge, apparemment.

Parwais ment un peu. Il explique qu'il est Afghan mais que, orphelin, il a été adopté tout petit par une famille belge.

— Des Liégeois?

— Oui, des Liégeois.

— Ah bon? Moi, je suis Flamand. Mais pour mon métier, je parle français, tu comprends. Et puis j'ai fait mes études en français, à Waremme. Enfin, mes études... J'étais pas vraiment doué.

— Moi non plus, avoue Parwais. Le français, c'est pas facile.

Il a à la fois envie de parler et de se taire. De parler parce qu'il se sent seul comme quand il fuyait son pays. De se taire parce qu'il pense qu'il doit se méfier de tout le monde. Il se souvient de ce qu'on lui disait autrefois: qu'un bavardage peut coûter une vie. La vie, il y tient. Il a vu trop de morts pour ne pas vouloir survivre.

Frontières

ON APPROCHE DÉJÀ de la frontière allemande. Parwais a peur. Le moindre contrôle risque de lui coûter cher. Que dira-t-il si on le questionne ? Doit-il en parler au chauffeur ? Mais que lui dire ? Le garçon demande timidement :

— Ils vérifient les identités, à la frontière ?

— Pourquoi ? Cela te fait peur ? demande le chauffeur avec le même sourire ironique que tout à l'heure. Tu as oublié tes papiers ?

— Non, non, ment Parwais. Je demandais cela comme ça.

— De toute façon, les papiers, ils s'en fichent. Pas ceux du camion, bien sûr. Mais je suis en règle. Quand je remonterai vers la Belgique, ce sera plus compliqué. Ils vont vouloir vérifier la marchandise.

Des policiers font signe au camion de se ranger sur le côté. Parwais tremble. Quelques questions auxquelles le chauffeur répond dans un allemand apparemment impeccable, ce qui semble faire plaisir aux policiers. Ils ne demandent même pas à visiter le camion. Parwais soupire mais fait semblant que ces formalités le laissent indifférent.

— Maintenant, on va pouvoir rouler, dit le chauffeur.

— Ah bon ?

— Ben oui, en Allemagne, ils sont plus cool. On peut grimper jusqu'à… On grimpe jusqu'où on veut en fait. Enfin, pas vraiment. On conseille le 130, à condition de ne pas dépasser deux tonnes huit cents ! Moi, je suis prudent mais quand même…

Parwais essaie de comprendre quelque chose aux propos du chauffeur. Il est partagé entre l'envie d'arriver le plus vite possible en Suisse et la peur qu'un accident complique les choses !

Il pense à Laure et à Michel. Se sont-ils déjà aperçus de sa disparition ? Le cherchent-ils dans son quartier ? Ils ont sûrement trouvé sa lettre.

— Merde !

— Qu'est-ce qui se passe ? demande le chauffeur.

Parwais explique qu'il a oublié son téléphone portable sur son petit bureau. Il avait pourtant tout récapitulé pour être sûr d'emporter ce qui lui était nécessaire.

— Pas grave. Si tu dois téléphoner, tu peux te servir du mien. N'hésite pas.

Téléphoner à qui ? Et puis Parwais se souvient d'une émission à la télé où on expliquait qu'on pouvait localiser n'importe qui n'importe où grâce à son portable. Le chauffeur insiste :

— Si tu veux téléphoner à tes parents…

— Non, merci, dit Parwais, ils sont en vacances au Canada. Je leur enverrai un mail quand je serai chez mes cousins.

Ses cousins ? Il doit faire attention à ce qu'il dit ! A-t-il vraiment parlé de cousins, tout à l'heure ? Il ne sait plus. À force de mentir, on ne sait plus où est la réalité.

Le paysage est monotone : des champs, des usines, des prés, des panneaux. Un horizon toujours identique qui ne se rapproche que pour être oublié. Tout est gris. Mais l'important est de fuir, pas de jouer au touriste difficile.

De temps à autre, le chauffeur quitte la route des yeux pour s'attarder sur Parwais, comme s'il cherchait à savoir qui est son passager. Est-ce que je porte sur mon visage que je suis un hors-la-loi ? se demande le garçon. Il a appris le mot en anglais quand il était encore à Kaboul, dans une série télévisée : *Outlaws*. Le mot l'avait impressionné.

Le soir tombe déjà. Où sont-ils ? Bien sûr, de temps en temps un panneau indique une sortie. Mais le nom des villes ne dit rien à Parwais et depuis tout un temps le chauffeur s'est tu. Parwais se surprend à somnoler. Puis il s'endort vraiment.

— Je ne vais pas plus loin, dit le chauffeur.

Ils ont quitté l'autoroute sans que Parwais s'en aperçoive. À présent, le poids lourd roule lentement sur une petite route bordée d'arbres.

— Ils pourraient encore les faire plus étroites, jure le chauffeur. Dieu merci, on va arriver. Je passe la nuit ici, chez un ami. Je repars demain matin.

Et moi ? pense Parwais. Mais il n'ose pas formuler la question.

— Il tient une petite auberge. Tu pourras y loger. Sans payer, bien sûr. Avec lui, on peut toujours s'arranger. La vie n'a pas toujours été facile pour lui quand il était jeune, alors la jeunesse, il comprend ça. Un gars bien, tu verras. On n'est pas très loin de Bâle, mais pas encore en Suisse. Demain, je charge le camion puis je remonte.

Le camion s'arrête sur une aire de stationnement. Ils font une centaine de mètres à pied puis arrivent, en effet, dans une petite auberge à l'intérieur de laquelle on entend un air d'accordéon.

— Pas fâché d'arriver, dit le gros chauffeur. Toi non plus, je suppose.

En Italie

PARWAIS A DROIT À UNE CHAMBRE sous les combles. De sa fenêtre, il aperçoit le parking, une rivière qui coule pas loin et puis le noir. Tout à l'heure, en arrivant, il a cru distinguer des montagnes à l'horizon et il s'est souvenu de celles de son pays. Mais maintenant, seuls quelques lampadaires au néon lui permettent de voir les reflets espiègles de la rivière.

Il se sent moins inquiet qu'avant de quitter Michel et Laure. Le chauffeur a été gentil et le propriétaire de l'auberge a arrêté ses questions dès qu'il a compris que Parwais n'avait pas vraiment envie d'y répondre.

Les choses ne se déroulent pas trop mal pour lui. Il a déjà fait beaucoup de kilomètres. Venise n'apparaît plus désormais comme une destination inaccessible. Bientôt, il sera près de son ancien maître. Il ne sera plus seul. Il ne devra plus décider de tout.

Il s'endort très vite et aurait sans doute tardé à ouvrir les yeux, le lendemain matin, si des cris à l'extérieur ne l'avaient réveillé. Vite, il court à la fenêtre. Une camionnette de police est arrêtée devant la petite auberge. En une seconde, tout se précipite dans son esprit. On sait qu'il est là. On vient l'arrêter. On va l'emmener.

Il en a déjà tant parlé avec ses parents adoptifs. Il a tellement pensé à ces heures qu'il voit déjà l'avion prêt à décoller pour Kaboul. On ne lui a pas mis de menottes mais les policiers le tiennent solidement par le bras. Des gens le regardent passer. Ils lui jettent un regard tantôt indifférent, tantôt méchant. Parfois, ils sourient. Ils ne comprennent pas que pour lui c'est la mort qui revient et s'approche et le regarde. Elle aussi avec un sourire.

Et puis il se souvient d'une anecdote terrible que lui a racontée Laure. Une jeune fille qui devait regagner son pays, il ne sait plus où. Elle s'est débattue dans l'avion et les policiers l'ont étouffée avec un coussin. Va-t-il être étouffé lui aussi ?

Mais non. On ne l'emmène pas vers l'avion. Pas encore. Les policiers sortent de l'auberge avec un homme. Il reconnaît son chauffeur d'hier. Son visage est barré par une mauvaise grimace. Les policiers le poussent sans ménagement dans la camionnette, qui démarre dans un grand bruit de pneus impatients.

Il est sauvé. Ce n'était pas pour lui qu'on venait. À moins que… Il doit savoir ce qui se passe. Vite. Il s'habille, prend son sac et descend. La salle du restaurant est à peine allumée. Derrière le bar, une jeune fille, qu'il n'a pas vue hier.

— Qu'est-ce qui se passe ?

— Rien.

— Mais la police…

— Oh, un contrôle. Vous voulez déjeuner ?

Déjeuner ? Elle en a de bonnes, celle-là. Comme si c'était l'important ! Il fait non de la tête et sort.

Quelques personnes bavardent dehors. Il se mêle au groupe. Les gens disent qu'il fallait s'y attendre, qu'il y avait trop longtemps que le trafic durait. “La drogue, dit quelqu'un, ça finit toujours par se payer un jour ou l'autre.” Un autre, qui semble être bien informé, parle du chauffeur, explique que le chargement qu'il allait toujours reprendre à Bâle était sûrement bidon. Quant au patron de l'auberge, il faudrait bien l'inquiéter un jour, lui aussi… Ce n'est pas avec ses quelques clients qu'il peut se payer sa grosse BMW, c'est clair.

Quelques phrases et deux hommes simples et aimables deviennent des criminels. Mais tout cela n'intéresse pas Parwais. Il a appris à effacer ce qui ne le concerne pas et même ce qui ne concerne pas directement sa survie. Survivre : son seul programme. Et pour cela, trouver un pays qui puisse devenir son pays. N'importe où. Mais pas là-bas.

Le jour se lève. Cette fois, à l'horizon, on aperçoit nettement les sommets enneigés. La rivière poursuit son murmure rassurant. Le cœur de Parwais bat moins vite. Rien n'est perdu. Mais rien n'est gagné non plus. Devrait-il aller parler au patron ? Il l'a aperçu près du camion.

Un couple sort de l'auberge. Il les a aperçus hier quand il mangeait. La femme lui a dit quelques mots mais il a à peine répondu. La méfiance est peut-être sa meilleure arme. Cette fois, la femme lui fait un petit signe de la main. L'homme demande s'il a bien dormi, s'il part déjà. Parwais ne sait que répondre. Le couple glisse deux grosses valises dans le coffre.

— Nous devons partir tôt, avant le trafic.

— Ah bon, dit Parwais.

— Et toi, tu vas où ? Tu es seul ?

Parwais se méfie un peu moins. Ils ont l'air gentils, tous les deux. Alors, il explique qu'il va à Venise mais qu'il fait un crochet par un petit village suisse, Kandersteg.

— Kandersteg ? Mais c'est là que nous mettons la voiture sur le train ! Et tu y vas comment ?

— Ben…

La femme dit quelques mots à l'oreille de son mari, qui fait oui de la tête.

— Tu peux venir avec nous, si tu veux. Il y a de la place.

Il accepte sans réfléchir. Il ne peut refuser aucune aide. Son sac est déjà dans la voiture.

L'homme explique qu'ils vont emprunter des petites routes.

— Nous n'avons pas envie d'être contrôlés, dit la femme.

— Ah bon? dit Parwais, de plus en plus surpris.

L'homme fait de gros yeux à sa femme.

— Tu comprends, nous avons pas mal de saucisson d'Ardenne. Nous habitons à Bastogne, en Belgique. Tu connais?

Parwais dit qu'il connaît. Laure et Michel l'y ont conduit un jour. Il n'a pas apprécié. Parce que le char américain qu'il a vu sur la place Mac Auliffe lui a rappelé d'autres chars, moins inoffensifs. Mais il ne l'a pas dit à Laure et à Michel. Une sorte de pudeur le retient toujours de parler de son passé. Un peu comme si évoquer les ruines pouvait détruire ce qui est patiemment reconstruit.

Mais la femme continue:

— En Suisse, ils sont très stricts sur les importations. Pour la viande notamment. Nous ne voulons pas qu'un contrôle de la douane nous oblige à donner nos saucissons et à payer une amende, tu comprends.

— Oui, oui.

— Alors, nous connaissons de petites routes sur lesquelles en principe on ne rencontre pas de contrôle. Nous allons chez un cousin qui adore la charcuterie belge…

Ils sont déjà partis. Très vite, on se rapproche d'une grande ville. Bâle sans doute. Mais l'homme bifurque tout à coup sur la droite. Ils sont à nouveau en pleine campagne. Pas encore de trafic à cette heure. Les gens sont encore dans leur lit ou devant une tasse de café.

— Voilà, on est en Suisse, dit l'homme.

Parwais ne voit pas de différence. Le paysage est aussi triste qu'en Allemagne et les montagnes toujours aussi lointaines. Il avait imaginé la Suisse autrement !

Certes, de temps en temps une église coquette, un château pimpant niché sur la colline, des vergers aux arbres nus près de grandes fermes où on s'active déjà. Mais les montagnes ? Comme si elle devinait ses pensées, la femme dit :

— On croit que les montagnes sont très loin mais tu verras, on sera vite à leur pied.

Parwais se sent bien. Presque heureux. Le destin est devenu son allié. Au début, l'homme et la femme ont parlé de choses anodines, comme si leur passager ne les intéressait pas vraiment. Parwais aime cela. Mais tout à coup les questions fusent. C'est la femme qui commence :

— Pardonne-nous cette question : tu viens de quel pays ?

Parwais a envie de répondre qu'il vient de Belgique, comme eux. Faire comme s'il ne comprenait pas vraiment la question. Mais ils sont si gentils avec lui. Et puis, il a besoin d'avoir confiance en quelqu'un, de parler. Alors, il raconte.

La femme a les larmes aux yeux. Elle dit :

— Tu sais, nous avons perdu un garçon qui avait ton âge. On l'a retrouvé noyé dans une rivière. Comment c'est arrivé, on ne l'a jamais su. Il aimait se promener seul dans la campagne. Peut-être qu'il a glissé…

Parwais ne sait que dire. Alors, il se tait. Le silence est souvent tellement éloquent.

Cette fois, c'est l'homme qui prend la parole. Il explique qu'ils sont d'origine italienne. Leurs pères étaient mineurs, près de Liège. C'est là qu'ils se sont rencontrés. Et puis il a été de plus en plus difficile de trouver du travail dans l'industrie, alors ils ont ouvert un restaurant qui marche bien, à la sortie de Bastogne.

— Beaucoup de touristes, dit la femme, surtout en saison. Nous sommes fermés jusqu'à la Toussaint. Alors, nous en profitons pour saluer nos cousins italiens. À Monselice. Tu ne connais sûrement pas. Une petite ville près de Padoue. Pas loin de Venise en somme. Nous y serons demain soir.

Ils parlent et ils parlent. Et déjà on est dans la montagne. Les sommets sont blancs de neige. On s'arrête dans une charmante petite ville : Thoune.

— On va loger ici. Visiter un peu. Mais demain, le trajet sera plus long.

Le couple refuse que Parwais paie quoi que ce soit. Il est un peu gêné mais content de garder ses modestes économies. Il sent que les deux Belges sont heureux de faire quelque chose pour lui. À cause de leur fils ? Est-ce que le malheur aide à rendre les autres heureux? Il ne sait plus. Bonheur, malheur : ces deux mots n'ont jamais signifié grand-chose pour lui. Moins que manger ou dormir peut-être.

Ses deux amis l'ont persuadé qu'il n'avait pas intérêt à rester en Suisse puisque eux-mêmes filent vers l'Italie. Il passera plus facilement la frontière à l'arrière d'une voiture de touristes.

— Tu sais, rien que de nous entendre parler italien, les policiers ont déjà le sourire.

C'est le meilleur des passeports. Tout ira bien, tu verras.

Le lendemain aussi, tout va très vite. On traverse Kandersteg, le temps de saluer en hâte l'ami d'Akram Sangari et de lui dire que tout va bien, qu'on le remercie, qu'il ne doit pas s'inquiéter. Il est au courant de l'invitation d'Akram et insiste pour que Parwais reste un peu chez lui avant de rallier Venise. Mais Parwais a hâte de rejoindre son ancien maître.

— Tu serais bien ici. Le village est loin de tout. Tu seras en sécurité. Et l'air pur te fera du bien.

Parwais remercie. Mais il ne veut pas s'attarder.

On charge la voiture sur un train. De l'autre côté du tunnel, le ciel est tout bleu. Est-ce un signe ? Y a-t-il un lien entre les orages du ciel et ceux de la vie ? Une route en lacets grimpe vers un col enneigé. Parfois, une tache d'herbe très verte accueille quelques fleurs de montagne. Puis on descend vers l'Italie après un contrôle policier qui ne contrôle rien. Et de nouveau les petites routes. Et plus un policier à l'horizon.

Parwais songe que sa vie n'a été que du cinéma. Des tragédies comme on en voit dans les films. Des chances incroyables comme on en voit à la télévision. Mais il n'a jamais vécu dans un film, ni à la télévision. Et tout ce qui lui arrive est vrai. Ce qu'il est en train de vivre, ce n'est pas du cinéma, mais c'est beau.

D'emblée, il aime l'Italie. On s'arrête deux ou trois fois pour boire un café et c'est chaque fois les mêmes sourires. Et cette langue qui chante comme une sonate de violon.

Le soir, ils arrivent à Monselice, chez un des cousins, Giovanni. Un célibataire bonhomme et aimable qui parle tellement que personne ne peut placer un mot. On est fatigué. Le voyage a été long.

Le cousin a préparé un énorme plat de tagliatelles suivi d'un osso-buco succulent. C'est délicieux, mais Parwais ne peut s'empêcher de bâiller. Giovanni lui souhaite une bonne nuit et précise :

— Demain, je te conduis à la gare. Tu verras, on est vite à Venise.

Parwais sent bien que Giovanni voudrait prolonger un peu la conversation. Il parle un français impeccable, avec des intonations qui font penser à des figues. Il questionne Parwais sur son pays. Comme c'est difficile d'en parler ! Comme c'est difficile de savoir qui était qui, qui tuait qui !

Giovanni lui parle des talibans, de l'islam. Il ne comprend pas comment on peut s'entretuer au nom d'un Dieu miséricordieux.

— C'est pourtant comme cela, dit Parwais, et les talibans sont des fanatiques redoutables, qui n'ont pitié de rien.

Puis il parle de Kaboul, cette ville qu'il aimait et où il a vécu heureux jusqu'au jour où il n'a plus eu droit à la tendresse de sa famille. Giovanni a les larmes aux yeux.

— Le voyage vers la Belgique a dû être long !

Parwais fait signe que oui. Il lit tellement d'intérêt dans les yeux de Giovanni qu'il raconte ce voyage loin de la violence que seuls connaissaient Laure et Michel.

— Fuir son pays est très facile et très difficile à la fois. Des amis de la famille m'avaient conseillé de passer par le Pakistan. La frontière n'était pas très éloignée de Kaboul et facile à franchir, m'avaient-ils dit. Je ne suis jamais arrivé à cette frontière. Trop de militaires sur la route. Alors j'ai fait demi-tour. Vers l'ouest. Mais c'était plus long !

— Vers l'Iran ? demande Giovanni.

— Oui, je me suis caché quelques jours à Harat avant de franchir la frontière. Mais ces détails vous ennuient sûrement. Vous savez, je ne me souviens plus très bien de tout. Parfois, je n'apprenais dans quel pays j'étais qu'après y avoir marché pendant des jours. De l'Iran, je suis passé en Turquie, sans gros problèmes, puis en Grèce.

— Tu as vu la Grèce? C'était beau?

L'enthousiasme de Giovanni fait sourire Parwais.

— J'ai surtout vu la police! On m'a enfermé une dizaine de jours. On m'a questionné. Je n'ai pas menti. Un matin, on m'a relâché, je n'ai jamais su pourquoi. Mais j'étais prié de quitter le territoire. Ils ont été gentils avec moi. Un policier m'a même donné un peu d'argent. Difficile de comprendre les gens.

— Et puis?

— Et puis, je ne sais plus très bien. Je me souviens de la Hongrie, parce que j'y ai eu très faim. Puis la Pologne. C'est là que des compatriotes m'ont aidé à gagner la Belgique, ma patrie désormais. Enfin, plus vraiment…

Giovanni sent que Parwais est fatigué. Il lui répète qu'il le conduira le lendemain matin à la gare de Monselice.

— Nous essaierons de te trouver un train direct pour Venise.

Malgré cette conversation qui l'a replongé dans la poussière des bombes, Parwais s'endort en songeant qu'il aurait dû téléphoner à Sangari. Mais cela n'a pas beaucoup d'importance. On verra demain. D'ailleurs, on n'est sûr d'arriver quelque part que lorsque la route est vraiment finie.

Oui, on verra demain. Pour l'instant, il faut profiter de la paix de la nuit et du cœur.

Venise

PARWAIS N'EN CROIT PAS SES YEUX. Le soleil fait miroiter les eaux du Grand canal, troublées par un vent frisquet. Le ciel est bleu comme une carte postale. Les façades des palais sont ensorcelantes. Les rêves, souvent, sont plus beaux que la réalité. Ici, c'est le contraire. Magie.

Déjà, il avait été séduit par ce grand pont sur la mer qui conduisait de la terre ferme à la gare de Santa Lucia. À gauche, de petites îles et des embarcations comme immobiles. Un tableau de rêve, comme un décor jeté là pour inviter au bonheur. À droite, une route où couraient des voitures, des façades au loin, l'activité des hommes.

Devant la gare, un nouveau pont à traverser. Quelques ruelles sombres malgré le soleil d'octobre. Parwais est pressé d'arriver chez son ancien maître mais il se sent perdu. Les numéros des maisons vont-ils jusqu'à l'infini ? Sangari habite au 3456 ! Incroyable ! Voilà le 1323. Puis le 768. Mais dans quel ordre numérotent-ils ? Parwais ne sait pas encore qu'ici, les numéros sont attribués en fonction des quartiers et non des rues, comme en Belgique. Après des tours et des détours et autant de questions difficiles dans une langue qu'il ne connaît pas, il arrive enfin devant une grande porte verte flanquée d'une plaque de cuivre où le nom de son sauveur s'inscrit en lettres merveilleuses. Il sonne.

C'est une jeune fille qui lui ouvre. Elle fronce les sourcils mais en même temps son sourire découvre des dents éclatantes. Sans réfléchir, Parwais pose la question en pachtou et un nouveau miracle s'accomplit : la fille lui répond dans la même langue. Oui, il est bien chez Akram Sangari. Elle est sa fille. Elle s'appelle Margherita.

— Et toi, tu es Parwais, non ?

On le connaît ! Encore un miracle. Elle l'invite à entrer. Qu'elle est belle ! Parwais ne la quitte plus des yeux. C'est stupide : le coup de foudre, cela n'existe que dans les romans à l'eau de rose. Mais alors, pourquoi son cœur bat-il si fort, bien plus que lorsqu'il parlait à la sœur de Laurent ? Il pense à ceux qu'il a laissés en Belgique et il ne parvient pas à être triste. Le bonheur est égoïste.

La maman de Margherita est belle, elle aussi, avec des cheveux aussi noirs que ceux de sa fille, des yeux sombres, des lèvres épaisses. Elles ne sont voilées ni l'une ni l'autre et sont toutes les deux habillées d'une robe de soie moulante. Si les talibans voyaient cela, ils avaleraient leur barbe ! Parwais pense à sa sœur qui, bien que musulmane convaincue comme toute sa famille, a toujours refusé de porter le niqab, ce qui n'a pas été pour rien dans son arrestation.

Margherita non plus ne quitte pas Parwais des yeux. Akram va rentrer. Il dirige une répétition. Mais sans doute Parwais a-t-il soif? Fatigué, peut-être ? Veut-il voir la chambre qu'on lui destine ? Parwais veut tout ce qu'on veut. Tant qu'on le laisse près de Margherita.

Quand Akram Sangari entre, il ne voit pas la main tendue de Parwais : il le prend dans ses bras et l'étreint longuement.

— Professeur, oh, professeur, dit Parwais.

— Il n'y a pas de professeur ici, Parwais. Je m'appelle Akram.

— Mais…

— Il n'y a pas de mais non plus ! Raconte-moi. Ton voyage ?

Parwais raconte. De temps en temps, il regarde Margherita et lit beaucoup d'intérêt dans ses yeux.

Soudain, Sangari regarde Parwais avec inquiétude.

— Montre tes mains !

Parwais est surpris mais il obéit.

— Abîmées. Je comprends. Mais ne te tracasse pas, cela se répare. Il faut laisser faire le temps. Nous ferons de toi un bon violoniste. Je me souviens de Kaboul, tu sais. Tu étais doué.

Parwais est confus. Mais il est heureux que son maître dise cela devant Margherita.

Sa chambre donne sur un petit canal au bord duquel est attachée une barque. Le bonheur. Au mur, un portrait de Vivaldi. Et une photo de Kaboul, un jardin public où il se souvient s'être promené enfant avec sa mère, quand on pouvait encore être heureux sans craindre le lendemain. La pièce d'eau où il donnait à manger aux cygnes et le grand mur blanc dans le coin. Celui de l'école de musique où il suivait les cours d'Akram.

Il a presque honte d'être heureux quand il pense à sa famille morte ou en prison. Et il pense à Michel et Laure, à qui il enverra un message électronique tout à l'heure. Il leur dira que tout va bien, c'est sûr, mais pas vraiment qu'il est heureux. Ne seraient-ils pas tristes à la pensée qu'ils ne sont plus utiles à son bonheur ? Eux qui ont tant fait pour lui donner une nouvelle vie...

L'après-midi, surprise ! On a décidé qu'il visiterait Venise. Et avec qui, la surprise ? Avec la meilleure guide, la plus gentille. La plus belle.

— Enfin, si cela te convient, Parwais...

Margherita a-t-elle besoin qu'il parle ?

Il admire l'église des Frari, se laisse guider vers l'Accademia. Tout l'étonne. La bonne humeur des gens, toute cette eau, la péniche amarrée au quai et qui déborde de fruits et de légumes, dont certains lui rappellent l'Afghanistan. Et puis ce grand pont de bois d'où on découvre la Salute. La douane de mer, la place Saint-Marc, le palais des Doges...

— Tu n'es pas trop fatigué, Parwais ?

— Oh non, pas du tout. Tout est tellement merveilleux.

Il la questionne. Pourquoi a-t-elle un prénom italien ? Elle parle de l'amour de son père pour Vivaldi. Jamais il n'a imaginé que sa fille puisse ne pas porter un prénom italien.

— Margherita. Un nom de fleur... Et puis tu sais, même si je me souviens de Kaboul, ma vie est ici. À part avec mes parents, je ne parle qu'italien, depuis des années. Parfois, en pachtou, j'ai du mal à trouver les mots. C'est dommage mais c'est comme ça. À propos de mon prénom, je t'en dirai plus demain.

— Pourquoi demain ?

— Tu verras. La visite de Venise est loin d'être terminée !

Elle sourit mystérieusement. Des étoiles de malice brillent dans ses yeux.

Pour le repas du soir, la mère de Margherita a préparé du riz au tofu. Comment a-t-elle pu savoir qu'à Kaboul c'était le plat préféré de Parwais ?

— Un jour j'étais invité chez toi, dit Akram. Ta mère nous avait préparé ça. Je vois encore tes yeux gourmands quand tu as aperçu le plat !

Parwais dévore. Mais il laisse les raisins s'attarder un peu sur sa langue. Pour la saveur et le souvenir.

Découvertes

MARGHERITA DISAIT VRAI : Parwais n'avait pas fini de découvrir Venise !

Le lendemain de son arrivée, ils s'attardent sur la piazza San Marco. Parwais ne sait ce qu'il doit admirer le plus : la basilique, le palais des doges, la vue sur l'île de San Giorgio, qui les oblige à contourner deux colonnes surmontées du lion de saint Marc…

— On dit que passer entre les deux porte malheur. C'est là que se dressait le bûcher, jadis. Mieux vaut peut-être ne pas défier le sort.

— Tu crois à tout cela Margherita ?

Elle sourit si gentiment que Parwais n'a pas le cœur de se moquer d'elle. Ils poursuivent leur exploration de la ville en suivant la riva degli Schiavoni. Devant le pont des Soupirs, les touristes sont nombreux à prendre des photos, des Japonais surtout. Margherita dit deux mots sur Casanova, sur son évasion. Elle raconte admirablement.

— Et maintenant, Parwais, nous allons sur les traces de Vivaldi.

— Il a vécu dans ce quartier?

— Attends, ne sois pas si impatient.

Ils sont bientôt devant l'église de la Pietà.

— C'est ici que papa donne ses concerts. Il veut rester dans les lieux où travaillait Vivaldi.

— Vivaldi jouait ici?

— Pas vraiment, contrairement à ce que croient beaucoup de gens. L'ancienne église de la Pietà a été détruite. Elle est remplacée par... l'hôtel Métropole. Nous allons voir la nouvelle église, que Vivaldi n'a jamais connue. Elle a été construite en 1760 et le musicien est mort en 1743...

— Quelle érudition, Margherita!

— Je n'ai aucun mérite, Papa est tellement passionné par Vivaldi, par son œuvre, que j'entendais déjà parler de lui quand j'étais toute petite. Il m'en a raconté, des anecdotes. Sais-tu que la femme qui l'a mis au monde et est devenue sa nourrice portait le même prénom que moi ? Et sa sœur aussi ! Papa n'avait pas le choix ! Heureusement que je n'ai pas aussi hérité des cheveux du prêtre roux !

— Mais cela t'irait bien…

— Ne te moque pas, sinon je ne raconte plus rien.

— Oh si, je t'en prie. Vivaldi était réellement prêtre ?

— Bien sûr, mais cela ne l'a pas empêché de beaucoup voyager, souvent accompagné par une cohorte de femmes ! D'ailleurs, on prétend qu'il n'a pas dit la messe très longtemps. Papa raconte qu'un jour, il s'est arrêté au milieu de l'office parce qu'une mélodie lui avait traversé l'esprit. Abandonnant les fidèles, il a couru à la sacristie pour noter son inspiration. Cela lui a valu d'être convoqué devant le tribunal de l'Inquisition, qui le remit en liberté en décrétant qu'il n'avait pas tous ses esprits !

— C'est quoi, l'Inquisition ? demande Parwais.

Margherita explique, et elle conclut :

— On disait la sainte Inquisition ! Tu vois, m'a dit papa, il n'y a pas qu'au nom d'Allah que l'on tue. Les chrétiens aussi ont eu leurs criminels. C'est terrible, hein ?

Les deux amis s'attardent dans l'église. Ils restent longtemps silencieux, puis Margherita dit :

— C'est ici que papa donnera son prochain concert.

Elle ajoute à voix basse :

— Avec toi.

Problèmes

LES JOURS ET LES SEMAINES PASSENT. Puis les mois.

Akram Sangari veut que Parwais retrouve l'usage de l'archet. Et c'est vrai que les mains du garçon se font déjà plus douces, plus subtiles, plus charmeuses. Parwais retrouve le plaisir de ces exercices qu'on lui imposait autrefois. Ces exercices de plus en plus compliqués. Mais les grands yeux de Margherita simplifient tout. Et quand elle applaudit, Parwais ne se sent plus de joie.

Il apprivoise Venise et ses raccourcis. Mais Akram lui demande de ne pas trop sortir. Il a déjà fait quelques tentatives pour que Parwais soit officiellement accueilli en Italie. Ce n'est pas parce que la Belgique s'est montrée peu hospitalière que l'Italie l'imitera. Mais les choses ne sont pas simples. Malgré sa notoriété, Akram Sangari se heurte à des murs d'indifférence, d'hostilité parfois.

Bien sûr, il ne peut pas trop en dire sans risquer de compromettre la situation de son élève. L'avocat qu'il a consulté s'est montré pessimiste. Avec la crise économique, on est de plus en plus réticent face aux étrangers. Les raisons pour lesquelles Parwais a fui son pays ne sont plus de celles qui font qu'on ouvre les bras. Il faut attendre, être prudent.

Cela tracasse beaucoup le professeur. Et pour ne rien arranger, tout ne va pas pour le mieux dans son orchestre.

— Je sais que je demande l'impossible, ma chérie. Mais il faut demander l'impossible pour obtenir quelque chose de convenable.

— Jacques Blanchet est un bon violoniste, non ? dit la maman de Margherita

— C'est un bon violoniste, oui. Sans plus. Ce que je veux, ce sont les meilleurs interprètes. Et il n'en est pas. Alors, je lui ai fait comprendre qu'à l'issue de notre contrat, il devra chercher du travail ailleurs.

— Est-ce si grave? Tu trouveras bien à le remplacer. Les talents ne manquent pas à Venise.

Akram a poursuivi la conversation en italien. Malgré ses efforts, Parwais ne maîtrise pas encore cette langue. Tout juste comprend-il qu'on parle de lui. Et le nom de Blanchet revient plusieurs fois. Finalement, Akram, gêné sans doute de son attitude lui parle en pachtou:

— Je ne sais pas comment Blanchet sait que tu es là, mais je me méfie de lui. Tu es chez moi en situation irrégulière et il le sait. S'il nous dénonce, nous risquons gros.

— Pas toi, Akram!

— Moi aussi. Je n'ai pas le droit de t'aider. C'est la loi. On appelle cela le délit de solidarité! Celui qui aide un étranger en situation irrégulière risque une peine de prison. Quant à Blanchet, il a une lourde hérédité. Son grand-père était français. Pendant la Seconde Guerre mondiale, il habitait à Paris. Il collaborait avec les nazis. Rue Lauriston. La rue est célèbre: on en a même fait un film. C'était le siège de ce qu'on appelait la Gestapo française. On torturait et on livrait aux Allemands. Quand les Alliés sont arrivés, le grand-père a jugé prudent de se réfugier en Italie, où des fascistes l'ont aidé à se cacher. Il n'a jamais été poursuivi. À l'époque, tant de gens en Italie avaient intérêt à ce qu'on oublie ce qui s'était passé pendant la guerre ! Je ne sais pas de quoi il a vécu. Je sais qu'il était violoniste, lui aussi. D'ailleurs, la famille possède toujours le violon dont il se servait à Paris. C'est sur celui-là que Blanchet joue, paraît-il. Un musicien qui torture, j'ai du mal à imaginer ça ! Il est mort depuis longtemps déjà. Et tu vas voir que ce n'est pas fini. Son fils, le père de mon violoniste, habite à Trévise, où il fait de la politique avec la Lega, un parti d'extrême droite. Il est très influent, dit-on. Blanchet ne m'aime pas, je le sens bien. Sans doute n'aime-t-il pas tout ce qui n'est pas purement européen !

— Mais, dit la femme d'Akram, il me semble que tu juges vite les gens ! Tu vois Blanchet derrière le visage de son grand-père et de son père. Je ne te comprends pas. D'ailleurs, même si Blanchet partageait ces idées, cela n'a rien à voir avec son talent !

— Tu as raison, ma chérie. C'est sûr. Même si je n'approuve pas les idées de son père, je ne les reproche pas à Blanchet. Je trouve seulement qu'il a un jeu trop froid, trop conventionnel. Il joue Vivaldi comme si c'était du Wagner !

— Alors, tu vas t'en séparer ?

— Je lui ai déjà fait comprendre qu'il devrait peut-être chercher du travail ailleurs. C'est alors qu'il m'a parlé de Parwais. Oh, sans avoir l'air d'y toucher. Comme ça. En demandant seulement des nouvelles de ce grand garçon que j'héberge… Mais il faisait cela avec au coin des lèvres un petit sourire qui ne me dit rien qui vaille.

— Tu crois que… ? demande Margherita. Tu as trop d'imagination, papa !

— Je ne crois rien. Je me méfie, c'est tout.

La conversation en reste là. Le lendemain, Parwais et Margherita prennent le vaporetto pour se promener sur l'île de Torcello. Comme souvent à cette époque de l'année, elle est déserte. Les deux jeunes restent longtemps à bavarder, assis sur le muret du pont du Diable. Sans cesse la conversation revient sur Blanchet.

— J'en ai reparlé avec papa. Tu sais que le père de Blanchet est un homme très influent. Non seulement il s'agite beaucoup dans la politique locale mais il paraît qu'on l'apprécie beaucoup à Rome et qu'il y a des amis puissants.

— Les salauds ont toujours des amis puissants, dit Parwais.

— Mais il peut sûrement beaucoup pour toi. Maman et moi, nous avons demandé à papa de jouer franc jeu avec Blanchet. Il reste dans l'orchestre et toi tu restes en Italie.

— Non !

— Comment non ? C'est absurde, Parwais. Songe à tous les malheurs que tu as vécus ! Laure et Michel ont fait l'impossible pour t'aider mais ils n'avaient pas d'arme. Papa, lui, a une arme, si je peux dire. Évidemment, il hésite à s'en servir.

— C'est du chantage ! Tu te rends compte ?

— Mais non, Blanchet n'a rien proposé à papa. D'ailleurs, c'est peut-être par hasard qu'il a parlé de toi. Tu sais, depuis qu'il a quitté l'Afghanistan, papa voit le mal partout.

— Je ne veux pas qu'on marchande mon existence, Margherita.

— Tout de suite les grands mots. C'est absurde, Parwais. Sois donc un peu plus réaliste.

Les deux jeunes finissent par se bouder et c'est dans le silence qu'ils regagnent Venise. Parwais songe : qu'a-t-il fait sinon affronter chaque jour la réalité ? Et Margherita l'accuse de ne pas être réaliste !

Mais jamais il ne permettra que son ancien professeur propose le marchandage qui s'offre à lui. Garder Blanchet dans l'orchestre pour obtenir une faveur politique, non, il ne veut pas de cela. Et il sent bien que son professeur est prêt à présenter le marché à son violoniste.

Alors, le lendemain matin, il prend de nouveau la fuite.

Douane de mer

COMME QUAND IL A QUITTÉ l'Afghanistan, comme quand il a quitté la Belgique, Parwais est parti sans prévenir. Akram lisait au salon. Sa femme s'affairait dans la cuisine. Margherita dormait encore. Personne ne l'a vu quitter l'appartement avec sur l'épaule un sac dans lequel il a jeté quelques vêtements.

Le campo Santa Margherita est désert. Parwais se souvient qu'il venait s'y asseoir souvent avec celle qui porte le même nom que la place. Des pigeons volent çà et là et se posent en quête d'un peu de nourriture.

Aujourd'hui, leur vol est triste comme un adieu.

Jusqu'à l'Accademia, il parcourt à vive allure ce chemin où ils se sont promenés tant de fois. Puis il file vers la Salute. Il s'assied sur les marches de l'église et observe le Grand canal qui s'ouvre vers la lagune. Sait-il seulement vers où aller ? Il n'a pas pris le chemin de la gare. Va-t-il faire demi-tour ? Il pourrait prendre un train : il a un peu d'argent que lui ont donné ses hôtes, malgré ses protestations.

— Depuis que tu es là, tu nous donnes si souvent un coup de main pour le ménage, Parwais. Tu mérites bien qu'on te paie un peu.

Que mérite-t-il ? Il a l'impression que depuis longtemps il ne mérite plus rien. Fuir, encore fuir : il n'a que cela à faire. Mais prendre le train pour où ? Un moment, il pense à Monselice, à ce Giovanni qu'il n'a vu que quelques heures. Mais à quoi bon ? Il ne trouvera là, comme partout, qu'un asile provisoire. Dérisoire. Alors, il continue vers la douane de mer, comme ça, parce qu'il faut bien aller quelque part. Et là, à la pointe, il regarde longuement San Giorgio et le Lido, là-bas. Il pense à la mer, aux bateaux, aux tempêtes.

Le miroir de l'eau l'attire. S'il se penchait un peu plus, c'est lui qu'il verrait, son sourire triste déformé par le mouvement de l'onde.

— Parwais ! Enfin ! J'ai une bonne nouvelle !

Il se retourne. C'est Margherita. Elle vient des Zattere, ces quais qui, elle le lui a expliqué, portent le nom des radeaux qui arrivaient là après avoir descendu le Pô.

— J'étais presque sûre que je te trouverais ici. Mais pourquoi es-tu parti ?

Avant qu'il ait le temps de répondre, elle questionne :

— Pourquoi ce sac, Parwais ? Pourquoi cette fuite ?

Alors, il raconte. Il n'en peut plus de voir les portes s'ouvrir puis se refermer. Il ne veut pas accepter qu'Akram propose ce petit marché à Blanchet.

— Mais papa n'a rien dit, rien proposé, Parwais. L'avocat nous a dit…

— Oh, l'avocat ! Les avocats…

— Tu venais à peine de sortir que nous avons eu un coup de fil. J'étais encore au lit. Ta demande est acceptée. Tu peux rester en

Italie. Provisoirement en tout cas. Et peut-être pour toujours.

Parwais se fâche.

— J'avais dit à ton père que Blanchet…

— Mais enfin, écoute-moi : Blanchet n'a rien à voir là-dedans. Notre avocat a su trouver des arguments décisifs. Tout est en ordre. Il va passer tout à l'heure pour nous expliquer. Oh, Parwais…

Il hésite encore à la prendre dans ses bras. Il lui semble que les mouettes ont cessé leurs cris et que seule l'eau de la lagune porte le doux clapotis des bonnes nouvelles.

La lettre

QUAND ILS RENTRENT À LA MAISON, l'avocat est là, tout sourire. Margherita avait dit la vérité : tout est arrangé. Parwais peut rester.

— Vous avez fait de l'excellent travail, dit Akram.

L'avocat fait non de la tête.

— Ne croyez pas ça, Monsieur Sangari. C'est grâce à vous que les choses se sont arrangées si facilement. Votre prestige. Venise a besoin de vous, de votre talent. L'Italie aussi. Vous savez, on vous considère comme…

Akram interrompt son avocat. Il n'aime pas les compliments. L'avocat poursuit et précise que l'argument décisif a été le fait qu'Akram s'engage à faire de Parwais son second.

— Comme dit un proverbe du Veneto, on ne rejette pas à la mer les poissons de belle taille.

Parwais trouve la comparaison saugrenue mais il ne pense qu'à une chose : ses ennuis sont terminés pour l'instant, il va rester chez ses amis, exercer un métier qu'il apprend à aimer. Et vivre près de cette jeune fille qu'il aime, elle aussi.

Quand un événement inattendu se produit, il arrive rarement seul. Quelques heures plus tard, alors qu'on est encore en train de commenter la bonne nouvelle au salon, on sonne. C'est un homme qu'on ne connaît pas. Il a en main un étui, qu'il donne à Akram.

— Je viens de la part de M. Blanchet. Il a dit que les explications sont à l'intérieur.

Puis l'homme se sauve comme s'il avait fait un mauvais coup, sans attendre de réponse.

C'est un étui à violon qu'Akram pose sur la table. À l'intérieur, on a glissé une lettre.

Maître,

Vous m'avez dit que vous hésitiez à me garder parmi vos musiciens. Je comprends vos réticences. Je ne suis pas fait, je crois, pour le violon.

C'est la tradition familiale qui m'a mis l'instrument entre les mains. Mon grand-père fut, m'a-t-on dit, un excellent violoniste. Mon père a suivi sa voie. On n'aurait pas compris que je ne fasse pas la même chose. J'ai cédé à la pression.

Mais je sais que je ne serai jamais qu'un liseur de portées. Jamais un virtuose. Malgré vos leçons et vos conseils, je ne serai jamais qu'un amateur.

Je préfère partir avant qu'on me demande de le faire.

Ce violon n'est pas mon violon. C'était celui de mon grand-père, que j'ai très peu connu. Mais j'ai vite su quel avait été son engagement pendant la guerre. Mon père ne s'en cachait pas et ne s'est jamais caché de partager ses idées.

Comment un homme pouvait-il passer des cris de la torture au chant du violon, je ne l'ai jamais compris. Je voudrais oublier tout cela. Ce n'est pas facile.

Un autre archet se promenant sur les cordes saura peut-être faire oublier le passé. Je donne ce violon à Parwais. Je le connais peu mais je sais que vous l'aimez, que vous avez confiance en lui.

Je voudrais que le violon de la rue Lauriston devienne l'instrument de la fraternité.

C'est suivi d'une signature timide : Blanchet.

— Incroyable, dit Akram. Jamais je n'aurais soupçonné que Blanchet pût être un homme aussi généreux. Je le jugeais mal, et j'étais stupide. Il n'est pas responsable de ce qu'a fait son grand-père. Ni même son père.

— En tout cas, je ne peux accepter, dit Parwais.

— Au contraire, tu n'as pas le droit de refuser. On te confie une mission difficile : remplacer les fausses notes de jadis par des accords mélodieux. Couvrir les cris de haine par des chants de fraternité.

Margherita a les yeux pleins de larmes.

— Ce violon, tu vois, c'est comme un cadeau du Ciel. Les talibans m'ont appris à me méfier des religions. Mais ce violon, ce violon…

— Le violon d'Allah, dit la maman, avec un beau sourire.

Le printemps

LA SALLE DE LA PIETÀ EST COMBLE. Quand Akram Sangari fait son entrée, c'est un tonnerre d'applaudissements. Beaucoup sont venus pour Vivaldi, mais beaucoup aussi pour lui. Et pour Parwais.

— Akram, je ne suis pas prêt.

— Bien sûr que si ! Est-ce toi qui décides ? Tu as fait des progrès extraordinaires en quelques mois. Mais déjà dans notre pays, je savais. J'avais deviné que tu serais un grand violoniste.

Parwais est gêné. Il essaie encore faiblement de lutter mais la décision d'Akram est sans appel : il fera partie de l'orchestre pour le prochain concert. Et c'est aujourd'hui le grand soir. Parmi les spectateurs, une femme aux grands yeux noirs à côté d'une jeune fille aux yeux sombres et au sourire éclatant. Tout près, un couple au teint pâle. Un homme et une femme dont l'émotion colore les joues. Et puis… Parwais croit rêver : son ami Laurent est assis là aux côtés de Laure et de Michel. Pas possible ! Quelle surprise et quel bonheur ! Akram est vraiment un magicien.

L'orchestre commence par *Les quatre saisons*. Jamais le printemps n'a semblé aussi beau à Parwais. Au début, son archet est un peu hésitant, mais petit à petit, il se sent sûr de lui. N'est-ce pas grâce au prêtre roux qu'il peut réunir ceux qui l'aiment ?

Les notes de Vivaldi lui font oublier que rien n'est vraiment réglé définitivement pour lui. Le droit d'asile lui sera-t-il accordé autrement que de manière provisoire ? Aura-t-il un jour la nationalité italienne comme sa nouvelle famille le souhaite ? Laure et Michel viendront-ils à bout de leur procédure d'adoption ? Tant de questions encore !

Sangari, lui, voudrait éviter que Parwais retourne à Liège, retrouver Laure et Michel. Pourquoi ces derniers ne quitteraient-ils pas la Belgique pour Venise ? Pour toujours. Après tout, Laure pourrait travailler comme secrétaire de l'orchestre. Et pour Michel, ce n'est pas le travail qui manque ici : de toutes parts on demande des maçons pour remettre des murs d'aplomb ! Le maître rêve déjà que son élève le remplace un jour à la tête de l'orchestre.

À la fin du concert, tandis que les musiciens rangent partitions et instruments, un homme se dirige vers Parwais. Blanchet.

— C'était magnifique, Parwais. J'ai pleuré. Tu es un artiste.

Parwais est confus. Il remercie Blanchet, s'inquiète de son sort.

— Tu sais, ce que j'aime, c'est la musique. J'ai repris un commerce de disques dans le Dorsoduro, tout près de l'Accademia. Ton quartier, en somme. C'est peut-être moins noble que de jouer du violon mais je crois que je rends les gens heureux. Comme toi.

Il tend la main vers le violon, comme s'il voulait le caresser.

— Je sais maintenant qu'il est dans de bonnes mains.

Le garçon hésite puis serre Blanchet dans ses bras.

La main de Margherita s'appuie doucement sur l'épaule de Parwais.

Table des matières